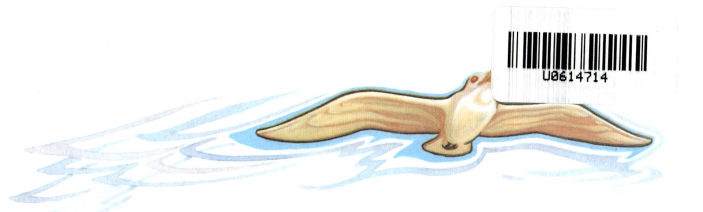

随海鸟远航

[美] 霍林·克兰西·霍林 文·图

周莉 译

人民文学出版社　天天出版社

著作权合同登记：图字 01-2020-4985

SEABIRD by Holling Clancy Holling
Copyright © 1948 by Holling Clancy Holling
Copyright © renewed 1975 by Lucille Holling
Published by arrangement with Houghton Mifflin Harcourt Publishing Company
through Bardon-Chinese Media Agency
Simplified Chinese translation copyright © 2016 by Daylight Publishing House
ALL RIGHTS RESERVED

图书在版编目（CIP）数据

随海鸟远航 / （美）霍林著；周莉译. — 北京：天天出版社，2016.6
（大自然旅行家）
ISBN 978-7-5016-1099-0

Ⅰ . ①随… Ⅱ . ①霍… ②周… Ⅲ . ①儿童文学—中篇小说—美国—现代
Ⅳ . ① I712.84

中国版本图书馆 CIP 数据核字 (2016) 第 099928 号

责任编辑：李悦琪　　　　　　　　美术编辑：邓　茜
责任印制：康远超　张　璞

出版发行：天天出版社有限责任公司
地址：北京市东城区东中街 42 号　　　　**邮编：**100027
市场部：010-64169902　　　　　　**传真：**010-64169902
网址：http://www.tiantianpublishing.com
邮箱：tiantiancbs@163.com

印刷：北京利丰雅高长城印刷有限公司　**经销：**全国新华书店等
开本：889×1194　1/16　　　　　　**印张：**4
版次：2016 年 6 月北京第 1 版　**印次：**2022 年 3 月第 3 次印刷
字数：60 千字　　　　　　　　　　**印数：**15,001-20,000 册

书号：978-7-5016-1099-0　　　　　　**定价：**35.00 元

献给我的朋友杰克·比克尔——一位前程远大的青年，

本书是在他的关注下创作成形的。

致　谢

感谢为本书搜集材料提供帮助的众多友人。这其中包括：图书馆的朋友，他们为我求证的一处耐心地提供了成捧的文献——尽管那肯定不是至关重要的一处；向我提供实物参考和思想养料的朋友，他们在我需要时出借书籍、船模，给予专业建议；博物馆的朋友，他们翻遍了需要仔细研读和简单概括的各种文献集；担任护林员的朋友，他们让我有机会在一副搁浅鲸鱼的骨架上快活地爬了个遍；太平洋海岸的三个印第安人，他们给我讲述了在外海从独木舟上叉捕鲸鱼的技巧和危险性。帮助我的还包括我长期受累的妻子，是她用熟练的手为本书保驾护航，监督使其不驶入歧途。另外，本书的出版负责人转发资料，在本职之外为我加油打气，等待本书驶过了一个又一个的截稿期。对于这些提供帮助的友人，我在此向他们致以最深的谢意。

三本书在我编写捕鲸的内容时特别有帮助。克利福德·W. 阿什利（Clifford W. Ashley）——他是学生、艺术家，同时又是一位捕鲸者——所著的《北方的捕鲸者》（*The Yankee Whaler*）实在吸引人，令读者像附在船底的藤壶一样被牢牢吸引。艾伯特·库克·丘奇（Albert Cook Church）的《捕鲸业和捕鲸技巧》（*Whaleships and Whaling*）是一本资料书，书中有许多难得的照片，以详尽的细节展示了旧时的捕鲸人和捕鲸技巧。其中一些底片"居然是通过恢复破损的玻璃残片取得的"。由戈登·格兰特（Gordon Grant）创作并绘图的《油腻的运气》（*Greasy Luck*）则用活泼的钢笔素描重现了艰难的捕鲸业。字数所限，不能列出查询技术性资料的所有书籍。但是，所有将来的水手、捕鲸者和海军上将们能通过阅览几乎任何一座图书馆都存有的航海资料，进一步提升对海洋的兴趣。

少儿读物的作者们十分明白，他们在为全新而求知的头脑打开新的视窗提供可能。如果这个故事能为相关的故事引路——引起孩子们对海洋的兴趣，激发他们去阅读其他介绍海洋的书，那么《随海鸟远航》这本书便完成它的部分使命了。

笔　者

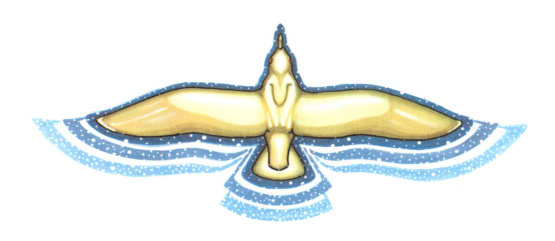

目　录

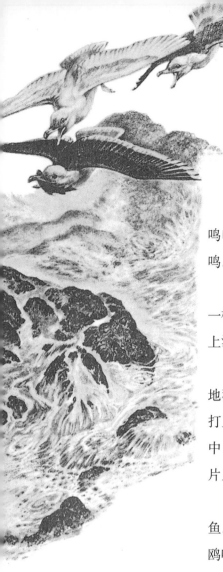

大型鸟，从左至右依次为：大黑背鸥、北极鸥、银鸥、**象牙鸥**、北极燕鸥，下方为乌鸦。

一　象牙鸥

夏季来到了格陵兰①嶙峋的海岸。海鸟们嘈杂的叫声震动了空气。欢快的鸣叫从高空落下，宛如叮当的铃声，回响着，直至海边光秃秃的悬崖也应声和鸣。海鸟们的叫声越来越响亮，像一阵阵震天的喇叭声，压住了海浪的拍打声。

在这一片快乐喧闹的场景中，一只雪白的鸟儿沉默地飞行着。它跟别的海鸥一样生有黄色的喙，但它的脚是黑色的，体形小于其他海鸥，身体和展开的双翅上没有黑色的斑纹。这只象牙鸥貌如其名，就像一件魔法般展翅翱翔的牙雕。

象牙鸥飞过了一条条封冻的冰河，巨大的冰柱躺在河谷中，朝大海一寸寸地移动，它们最终会成为高耸出洋面的冰墙。一座座小山为这些冰河间的陆地打上了褶皱，浓密的草皮在长长的缓坡上闪着鲜亮的绿光。一只野兔藏在草丛中，小口啃咬着生长受极地冰寒抑制的矮化乔木的嫩尖。一只雪白的狐狸潜过片片花丛，向野兔逼近。但是，象牙鸥不停歇地飞了过去。

溪边的两个"雪堆"原来是一只北极熊和它的幼崽，它们正挥着爪捕捞鳟鱼。一只贪婪的乌鸦兜着不规则的圆在附近盘旋。黑色的乌鸦冲着雪白的象牙鸥呱呱叫嚷，但是象牙鸥毫不停顿，静静地飞了过去。

成群的北极燕鸥在悬崖边打转，像白色的大燕子一样在澄澈清新的空气中旋舞。它们似乎想要召唤独行的象牙鸥与它们一同嬉戏，但象牙鸥穿过一只只猛扑而来的燕鸥，继续平稳地飞行。

它飞过一处被闪光的冰川围出的小海湾。一块小山般大小的冰从冰墙上断裂下来，沉入海中，又再度浮起，在迸涌的白沫中如皑皑的山峰般挺立。冰块落入海中的隆隆巨响，传到了几英里②开外。疯狂的海浪抽打向崖壁，又涌回海中抛甩着碎冰块，最后在夏季雪暴灰色的帷幕中隐去了踪影。然而即便是漂浮冰山的这一诞生过程也没有使象牙鸥改变飞行路线，它的伴侣正在北方的某个地方等着它。它继续展翅翱翔，消失在了飘落的雪花中。

2

二　雪中的幻影

夏季雪暴不仅抹去了海岸的踪影，而且遮蔽了太阳、陆地和海洋。一艘被困在潮流中的捕鲸船像被推搡的瞎子一样冲入了这片雪白的迷雾中。

高高的瞭望台上，目光敏锐的少年忧虑地瞭望着。这个来自新贝德福德[③]的十四岁孩子已经在船上待了一年。这一趟出海捕鲸，他被指派为船上的勤杂工。此刻，船上的其他人信任他在桅杆顶部瞭望的眼睛。然而什么人能透过这样的雪暴发现危险的礁岩呢？少年在薄帆布围成的瞭望桶中跺了跺寒冷的双脚。一片茫茫的白已经融没了他身下的桅杆。挂着卷起船帆的帆桁成了稻草人的双臂。在越压越低的天空下，瞭望桶似乎在不断上浮……对于少年埃兹拉·布朗来说，整个世界都成了幻境……

一道影子从他的身边掠过，没等他看清就消失了。在又一次一闪而过后，那道影子在一臂之外盘旋起来。那是一只雪白的鸟儿，在飘落的雪花中静静地滑翔着。它端详着他，没有发出一声鸣叫。在埃兹拉看来，那只鸟儿也是虚幻的，似乎是无声的雪花构成的雪中的幻影。少年不眨眼地凝望着鸟儿，他从未见过这样冷得迷人的生物——几乎与白雪、雾气和神秘的气氛融为一体……

雪白的鸟儿突然变换方向，朝前方掠去，箭一般笔直地射入空中……它飞走了，埃兹拉想。它为什么离去得那么急呢……在梦境般的恍惚中，他记起了缅因家中一只爱玩闹的燕子。那只燕子喜欢展翅冲向谷仓一堵陡峭的墙壁，然后在差几英寸就要撞上的时候，猛然高高飞起。现在，这只海鸟——这只北极的象牙鸥——也做出了同样的举动。上一刻还悬停在雪中，下一刻却荡开飞起，似乎在飞越悬崖——

这段记忆令埃兹拉仿佛被鲸叉刺中一般，从恍惚中蓦然惊醒。不等更加冰冷的寒气扑上脸颊，他已经知道了。他猛然扯开嗓子，在白茫茫的雪暴中嚷道："冰山！冰山！正前方！"

4

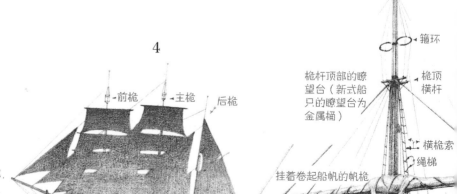

前桅　　主桅　　后桅

桅杆顶部的瞭望台（新式船只的瞭望台为金属桶）

箍环

桅顶横杆

横桅索

绳梯

捕鲸船上埃兹拉所在的前桅的顶部，以及主桅的顶部。

挂着卷起船帆的帆桁

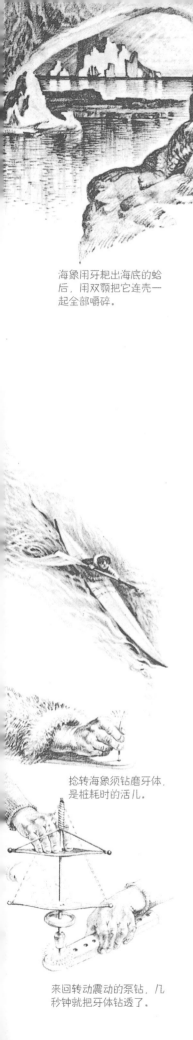

海象用牙耙出海底的蛤
后，用双颚把它连壳一
起全部嚼碎。

捻转海象须钻磨牙体，
是桩耗时的活儿。

来回转动震动的泵钻，几
秒钟就把牙体钻透了。

三　精明的商贩

许多船只因迎头撞上冰山而沉没了，但是这一艘捕鲸船由于埃兹拉疯狂的叫嚷及时转变了航向。与冰山剐蹭产生的震动险些将少年震出瞭望桶，捕鲸船最终安全地驶了过去。

雪暴很快就过去了。埃兹拉觉得是那只象牙鸥驱走了雪暴——这场雪暴的精灵裹着神秘的面纱，似乎与象牙鸥一同消失在了布满寒冰的海上……

少年爬下甲板时，他"鸟儿救船"的故事已经在水手们嘴里变了样。一个水手很害怕。"埃兹（大家对埃兹拉的昵称），"他呻吟道，"你见到的鸟儿是惨白的幽灵！是从北方飘来的某个冻死的捕鲸人迷失的鬼魂，是来缠着这艘船的！"

"他发海上疯了！"一个投叉手哈哈大笑，"就算那是鬼魂，埃兹，那也是个好鬼！会给我们这一趟出海带来更多的鲸油！"

埃兹拉知道他看见的海鸟不是幽灵，也不是不祥之兆。在北极的洋面上，他早已见过许多象牙鸥。然而这一只象牙鸥由于飞走得突兀，引他注意到了那座冰山。

那只象牙鸥本来或许只能留存于埃兹拉的记忆里，在闪亮的光环中盘旋。但是有一天，他们穿过一处嶙峋的海岬时，爱斯基摩人的一只海豹皮划子开了出来，双桨闪动，迅速驶到了船边。

这个笑嘻嘻的爱斯基摩人知道怎样跟捕鲸人做交易！是的，他清楚得很！他拉着身后的一大包毛皮，吃力地攀上甲板。哦，他是一个多么精明的商贩啊！他微笑得恰到好处，眉皱得恰到好处，所以他带着大笔的财富划走了！

不过是一划子的狐狸和北极熊的皮毛，那些幼稚的捕鲸人就换给了他整整一卷真正的棉布和十个纯铁的钓钩！啊！还有坚硬的玻璃珠，牙都咬不动，却有着穿透珠子的孔！但所有交易中最划算的，是一个男孩用一把铁质的小单刃钻跟他换了两根海象牙！有了这个神奇的小单刃钻，就能在木头、骨头或者海象牙上钻孔——成排成排的孔！

对埃兹拉来说，那只象牙鸥和这两根海象牙影响了他的一生。

6

支撑前桅和后桅的"定索"。
变帆的"动索"（本图没有
绘出）。

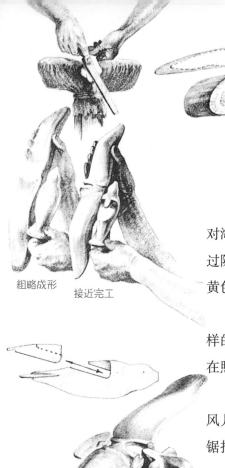

虽然底部中空，但是很坚实。

海象牙沉重坚硬，色泽垩白，牙体中央的白色则有些斑驳。埃兹拉使用的工具有锯、钻、凿、刀和锉。在他的垫砧上雕琢海象牙十分方便。

粗略成形　接近完工

四　展翅飞翔的象牙鸥

用骨头和牙齿做雕刻，埃兹拉是行家。同船的水手们早就在猜测他要拿那对海象牙做什么。在少年琢磨海象牙的曲线时，一个水手听见他自言自语："不过除了这海象牙，还得有海里的其他一些东西。应该需要一点红珊瑚，还需要黄色的物件——和黑色的——"

听到这话以后，捕鲸的水手们敞开了他们船上的箱子，让埃兹拉从各式各样的贝壳、石头和来自世界各地的纪念品中随意挑选。大家都听说了——"他在照着那只救了船的海鸟的样子，制作能带来好运的海鸟雕像！"

在摇晃的桅杆顶上瞭望的时候，埃兹拉设计着自己的雕刻。晚上，和着风儿的歌声和海浪的鼓声，他坐在床铺上，用箱子当工作台，在鲸油灯下锉锯打磨。

在制作过程中，他将两根海象牙合为一个十字。为了让鸟儿轻盈、中空，他凿去了交合处足量的牙体。他用一根海象牙雕琢头身和扇子一样的尾巴。一个珊瑚塞子固定住了用琥珀制成的鸟喙。剩余的珊瑚成为了闪亮的双眼。拢起的双脚由一角黑色的板岩制成。另一根海象牙的弧度则利于塑造翱翔的双翅。

鸟儿的身体被安在一根柔韧的鲸须上。将鲸须的另一端插在皮带孔中，鸟儿便在少年走路时，在他的胳膊上点头，在少年攀爬时，展翅贴在他衣服下面的胸膛上，让少年空出双手攀登。木头上的小孔或者绕在杆子上的绳索都能成为那根鲸须的底座。架在上面，鸟儿便能跟随行驶的捕鲸船，侧身翱翔。

小小的雕像还原了埃兹拉见到的那只象牙鸥的样子。雕像身上的部件全来自于世界各地的海洋。然而奇怪的是，那只活生生的象牙鸥仿佛是飘落的雪花形成的幻影，而用海象牙雕成的鸟儿看上去却始终是鲜活的。

8

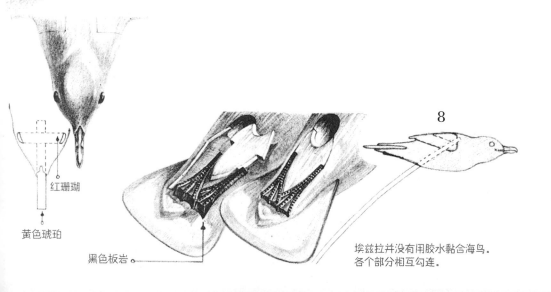

红珊瑚

黄色琥珀

黑色板岩

埃兹拉并没有用胶水黏合海鸟。各个部分相互勾连。

用来插鲸须的皮带孔

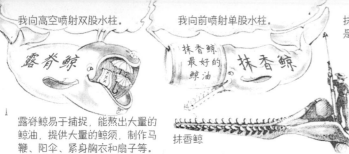

我向高空喷射双股水柱。

我向前喷射单股水柱。

抹香鲸的鲸脂能熬出很好的鲸油，但最好的油是从抹香鲸的头腔中舀出的清凉的鲸脑油。

露脊鲸　　　　　抹香鲸最好的鲸油　　抹香鲸

露脊鲸易于捕捉，能熬出大量的鲸油，提供大量的鲸须，制作马鞭、阳伞、紧身胸衣和扇子等。

露脊鲸戴有古怪的"骨质软帽"。

角质的鲸须颜色或深或浅，这取决于鲸鱼的种类。加热鲸须，使其碎裂成足够细的粉末，糅入丝绸，能使某些裙子沙沙作响。

旧时捕鲸的主要对象是抹香鲸、露脊鲸和弓头鲸。

弓头鲸喜欢冰冷的北极海域。

露脊鲸喜欢寒冷的海水。

抹香鲸喜欢温暖的海水。

有牙鲸的几位同类亲属：鼠海豚、宽吻海豚、独角鲸　和　逆戟鲸。

旧时的捕鲸人不喜欢须鲸科的鲸，因为它们"游得太快，尸身不上浮，鲸须也太短"。如今的捕鲸人用装有马达的快速追逐艇和捕鲸枪来捕杀它们。

须鲸科的鲸

座头鲸简直能高高飞起。

脊鳍鲸是速度最快的鲸。

蓝鲸是世上体形最大的动物。

上述几种鲸鱼的比例尺：每英尺的体重为一吨

五　学习鲸鱼知识的海鸟

海鸟就这样成了埃兹拉生活的伙伴。一天又一天，在捕鲸船往南行驶时，它陪在少年身边，在桅杆顶部翱翔。一个明媚的早晨，少年喊了起来："瞧那边，海鸟！瞧海面上喷出的那股水雾！"然后他将双手环在嘴边，高声嚷道，"那边有水柱！是头露脊鲸！"

"方位、距离？"船长喊道。

"左舷！一英里！"埃兹拉叫道。

水手们像受惊的鸡崽一样在甲板上四处奔忙。绳索吱呀作响，三艘轻巧的捕鲸艇被降入海中，长桨划动，飞驶而去。

"瞧瞧他们的速度，海鸟！"埃兹拉笑道，"他们肯定能追上那头露脊鲸！哎呀，不过你知道鲸鱼吗？它们生活在海里，但它们不是鱼，而是像牛一样用乳汁喂养幼崽的动物。它们如果不在海面上喷水换气就会淹死。所有的——"

"现在的情形怎么样了？"船长叫道。

埃兹拉回答："鲸鱼在海面上休息呢！捕鲸艇保持高速，三副打头！"

"所有的鲸鱼，"少年接着对海鸟说了下去，"总共就分为两类：一类有牙，一类没有。抹香鲸是有牙的鲸鱼，它们体形巨大，像超大的黄瓜。它们在深深的海底捕食，大嚼巨型乌贼扭动的触须——"

"现在到哪儿了？"船长喊道。埃兹拉眯起眼睛，透过破旧的望远镜努力望了一会儿，答道："快到地方了！"

"须鲸，"少年继续讲了起来，"是没有牙的鲸鱼，它们的嘴里垂挂着巨型羽毛般坚硬而又富有弹性的帘子。海鸟，你栖身的地方，就是用这种鲸须做的。须鲸，比如那头现在他们正在追赶的露脊鲸，吃小虾那样的海洋微生物。它们张开大嘴，犁过洋面，须毛挂住了微生物，海水则被排了出去。成年的鲸鱼一次能吞下大量的微生物。"

"他们还没到地方吗？"船长吼道。

"到了，船长！接近鲸鱼了！"听到这话，水手们涌向了索具。

吊艇滑车

回摆支架

滑索

捕鲸艇三副

六　楠塔基特式雪橇滑行④

三副掌舵的捕鲸艇抢先逼近了鲸鱼。艇上的水手们在用力地一划后停止了摇桨，轻巧的捕鲸艇箭一般无声无息地朝前射去。船头的一名水手把桨放在一边，站了起来。他将左腿卡在一处圆形的槽口内，稳住身子，扯下手套，紧盯着前方，紧张地搓了搓手指——他是在等待终极命令的投叉手。

捕鲸艇朝黑黝黝的庞然大物漂去。巨大的鲸鱼像倾覆的帆船一样在海浪中起伏，鲸背构成了一座狭长的岛屿，在洋面上闪着微光。

"给它一下子！"三副喝道。船头的投叉手扑向右侧，抓起架上的鲸叉，笔直地掷向闪光的"小岛"。第二把鲸叉也被迅速抓起，从艇上掷了出去。然后，投叉手一副逃命的架势，从颠簸的艇上一路攀爬过去，从三副手中夺过舵桨，稳住了舵；三副则疯狂地朝船头猛蹿。两人就像在疯狂的游戏中交换目的地的两个疯子。

这时，那头露脊鲸巨大的尾鳍升出了汹涌的洋面，像巨人的大棒一样高高耸立——然后猛然砸下……

"哎呀！"埃兹拉在桅杆顶部惊呼起来，"海鸟，那两片尾鳍险些砸到他们！真是见鬼！我敢打赌，你那珊瑚做成的眼睛都能比这副小望远镜看得清楚！投叉手两叉都中了，你瞧见了吧？三副跟投叉手交换位置，你也瞧见了吧？啊，在摇晃的艇上交换位置，真是一个愚蠢的习俗！但一直是这么做的：一个人叉伤鲸鱼后去掌舵，先前操船的另一个人随后用长矛杀死鲸鱼。有点使双方尊严平等的意思……

"瞧，海鸟！那头鲸鱼活像受惊的马驹，跟拉着雪橇一样拖着捕鲸艇在海上飞奔，翻起的泡沫就像雪花——"

"现在什么情况？"船长在下方吼道，"你在那上头睡着了吗？"

"鲸鱼在拖着捕鲸艇逃呢！"埃兹拉立刻喊道，"楠塔基特式雪橇滑行！"

投叉手（老辈的捕鲸人那会儿称他们为掷叉手，很少称为投叉手）投掷捕鲸叉。捕鲸叉后又被称为鲸叉，或简称为叉子。

雕出海鸟的1830年，使用的是老式的鲸叉。

用没有去皮的山核桃木制成的长杆

带有两个倒钩的叉头　叉柄　叉孔

孔销将捕鲸索销在索口内。

卡腿处

捕鲸艇上放置鲸叉的架子

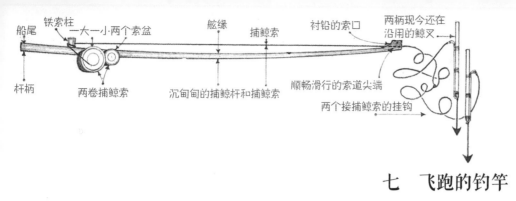

船尾　铁索柱　一大一小·两个索盆　舷缘　捕鲸索　衬铅的索口　两柄现今还在沿用的鲸叉

杆柄　两卷捕鲸索　沉甸甸的捕鲸杆和捕鲸索　顺畅滑行的索道尖端　两个接捕鲸索的挂钩

七　飞跑的钓竿

"这种捕鲸的办法准让你瞧糊涂了，海鸟，"埃兹拉说，"但是很简单，远处那艘捕鲸艇其实就是一根飞跑的钓竿。竿子上的捕鲸索虽然还没有一根大拇指粗，像旧鞋带一样松软，可是吊起满满两马车的干草也不会断。先把捕鲸索整齐地盘入索盆中，一盆盘满后再盘一盆，随后将绳索拉至船尾，在铁索柱上绕一到两圈，然后伸向船头，跨过船头的索口与两根鲸叉相连。被叉中的鲸鱼开跑时，绕在铁索柱上的绳索几乎要冒烟，艇上的捕鲸者们就要浇海水，好让绳索不会因为摩擦而起火。他们会把捕鲸索更紧地系在铁索柱上，直到捕鲸艇能顺畅地在海面上滑行。在鲸鱼停下来休息的时候，他们会收起捕鲸索，再一次盘绕起来，你知道，就跟把渔线收绕在线轮上一样。这样，捕鲸索和追捕鲸鱼的水手们就为下一次开跑做好了准备。有时候，这样的过程会夜以继日地进行。等鲸鱼精疲力竭后，艇长就会探出舷边，用长矛结果它。"

"他们朝这边来了！"有人高叫道，"要撞上那块浮冰了！"

"不，不会！"一个大嗓门嚷道，"掌舵的那个伙计可不只是一个厉害的投叉手，他操船也厉害得很！"

鲸鱼从几块浮冰间冲了过去，这给了操船手一生中难得的好机会，在全船人员面前露上一手。他操控着小艇，在一座座参差的雪白的小岛间拉风地猛冲，在险境中舞蹈。

埃兹拉放下了望远镜，俯瞰着飞速掠过的捕鲸艇上一张张仰起的脸。甲板上的观众挥着手大声叫好，艇上的水手们也挥手回应。操船的舵手甚至从桨上松开了一只手，大力摇摆。

"我跟你们说过吧，他很厉——"刚才那个大嗓门正开腔，猛然刺啦一声巨响传入了埃兹拉的耳中。捕鲸艇在绕过一块孤零零的浮冰时撞散了架，捕鲸索的尾端从碎裂的船头鞭子一样猛然飞起，落入海中。

14

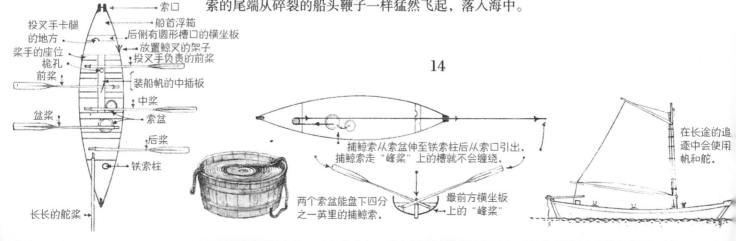

索口　船首浮箱　后侧有圆形槽口的横坐板　投叉手卡腿的地方　放置鲸叉的架子　投叉手负责的前桨

桨手的座位　桨孔　前桨　装船帆的中插板　中桨　索盆　盆桨　后桨　铁索柱

长长的舵桨

捕鲸索从索盆伸出至铁索柱后从索口引出。捕鲸索走"峰桨"上的槽就不会缠绕。

两个索盆能盘下四分之一英里的捕鲸索　最前方横坐板上的"峰桨"

在长途的追逐中会使用帆和舵。

锡灯

灯火熄灭器

白蜡灯

玻璃灯

鲸油灯是煤油灯的祖先。

石灯

陶灯

青铜灯

欧洲和亚洲的古油灯

八　胸鳍出水

"有人落水了！"水手们嚷了起来，又在船长的一嗓子中静了下去。"他们厉害，是吧？我会叫他们尝尝厉害！"一艘艇被放了下去，飞快地划向紧攀着船桨和索盆的几名水手。那冰冷的海水！埃兹拉打了个寒战。海鸟微微侧身，用翅膀尖碰了碰少年的帽子。"是啊，我明白你在说什么——船长气疯了，幸好我们不用待在他身边。可是快看！鲸鱼像瞎了一样从另外两艘捕鲸艇中间冲了过去！他们能不能——耶！两艘捕鲸艇全叉中了！鲸鱼在下潜！"

水手们再次奔向索具。船长也跑了起来，那六名被淹得半死的水手被救回来的时候，船长一句话也没有说。埃兹拉紧盯着远处的那两艘捕鲸艇，等待着鲸鱼浮出海面。同时，他也在瞄着下方的船长。老船长慢悠悠地攀爬着，时不时停下来若有所思地注目眺望大海。似乎过了几个世纪，他终于爬到了桅杆顶部。

"鲸鱼已经下潜半小时了，"他说，"它累坏了，而且伤得厉害，我看它会在二十分钟内出水。你说呢，孩子？"

"嗯——嗯，船长，"埃兹拉结结巴巴地说，"我本来觉得它五分钟左右就会出来。"

"不同意我的看法，嗯？想打赌吗？如果你的五分钟赢了，你就能在某个晚上，在船长室跟我共进晚餐。要是鲸鱼近二十分钟才出水，你就多站一个星期的岗。不过，这个赌不是非打不可！""我接受赌约，船长。"埃兹拉说。老船长看了看表。

少年紧抓住晃动的望远镜。他觉得自己跟傻子一样，竟敢跟老船长打赌！汗冒了出来……他局促不安地扭动着……似乎几年的时光从他身上碾了过去……那是他眼前发花吗——还是天空下的鲸鱼？

"出水了！"他尖叫起来，"对——对不起，船长——鲸鱼浮出海面了！"

"是啊，"老船长带着笑意看了看展翅翱翔的海鸟，说道，"它正在发狂地用尾鳍把海水抽打得白沫滚滚。但它撑不久了，它的力气已经被耗尽了，很快就会被他们用长矛刺杀——一头巨鲸会死在渺小的人类的手上。它的尸体会侧翻过来，胸鳍露出水面……让我们瞧瞧，是五——六分钟。你赢了，很公平。一顿晚饭……下面的快点！帮忙把那头鲸鱼拖过来！"

掷出（不是扔出）十二英尺的长矛，刺杀鲸鱼。

"Aye"发长长的类似"I"的音，意为"是啊"。

16

下潜的鲸鱼能在几分钟内潜下一英里。

出水

鲸鱼会缓缓上浮，或跃出水面。抹香鲸曾这样冲刺，拖沉过捕鲸船。

鲸鱼被刺中后会拍打尾鳍，垂死挣扎。胸鳍翻出水面意味着鲸鱼已经死亡。

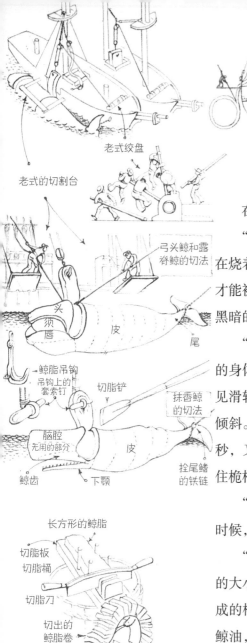

两套滑车将切下的一条条鲸皮通过中部的主舱口降入处理鲸脂的舱室，将鲸脂切成长方形，等待炼制。

老式绞盘

老式的切割台

弓头鲸和露脊鲸的切法

头
须
唇
皮
尾

鲸脂吊钩
吊钩上的套索钉

切脂铲

抹香鲸的切法

脑腔无用的部分

拴尾鳍的铁链

鲸齿　下颚　皮

长方形的鲸脂

切脂板
切脂桶

切脂刀

切出的鲸脂卷
脂叉

能装八桶鲸脂的炼油锅平直的边能节约空间和热能。

提炼炉

滚烫的鲸油经冷却器和甲板间的大油槽冷却后才能存入桶中。

油斗　漏勺的曲柄能防止滚烫的鲸油顺着勺柄流淌下来。

漏勺

木板的棚圈盛着水，围着提炼炉砖砌的底座，防止甲板起火。

九　切割

在油腻腻的黑色烟云中，海鸟高翔在桅杆的顶部。

"不是的，船没有着火，"埃兹拉在海鸟身边咳嗽道，"那是甲板上的提炼炉在烧着两口大铁锅，把鲸油从鲸脂里熬出来。为什么要熬鲸油？因为那样世界才能被蜡烛和鲸油灯点亮啊。真有意思，是不是——明亮的灯光竟然是从冰冷黑暗的深海里捕捞上来的！

"瞧！死鲸漂在我们的船边，那些人正在剥鲸皮，要剥下宽有一人高，像人的身体那么厚的一长条鲸皮。瞧，他们把巨大的铁钩钩入了鲸皮上的孔里。听见滑轮吊起铁钩时绞盘发出的嘎吱声了吧！船斜了——被拉坠得朝鲸鱼那一侧倾斜。现在往正下方看，他们正在用桨状的锋利铁器将雪白的鲸脂撬松。下一秒，又会有十英尺⑤长的鲸皮突然被剥落——抓紧，海鸟！"埃兹拉死死地抱住桅杆，海鸟疯狂地打起转来。

"你会习惯的，"少年笑道，"切割鲸皮就像展开一张沉重的地毯。皮松脱的时候，鲸尸会翻滚，震动船体。

"将鲸皮剁碎，先剁成方形，然后切成篱笆桩子的尺寸，最后剁为长条面包的大小进炉提炼，这是一桩狼藉油腻的活儿。瞧，他们在切皮上的鲸脂——切成的样子就像一片片挂在底部皮质脆壳上的厚面包片。雪白的鲸脂在锅里化为鲸油，一片片鲸皮则像一条条扭曲的培根，乱张着。他们会把厚厚的鲸皮捞出来，扔进火里。这一片黑烟就是鲸皮烧出的旺火放出来的。

"没错，海鸟——在远离林地和煤田的大海中央，鲸油是用鲸脂熬出来的……不过，如果我不下去帮忙，我会被他们扔进锅里。你待在这上面，睁着珊瑚眼睛放哨！"

成群的海鸥尖叫着绕船盘旋，船桅上挂着的一只微型海鸥令它们困惑，在其他海鸥围着被弃的鲸尸扑食残余的碎肉时，那只沉默的海鸟却在淡然地翱翔。

18

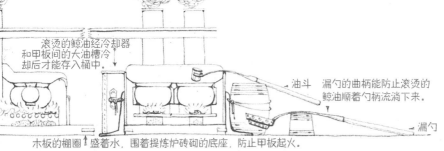

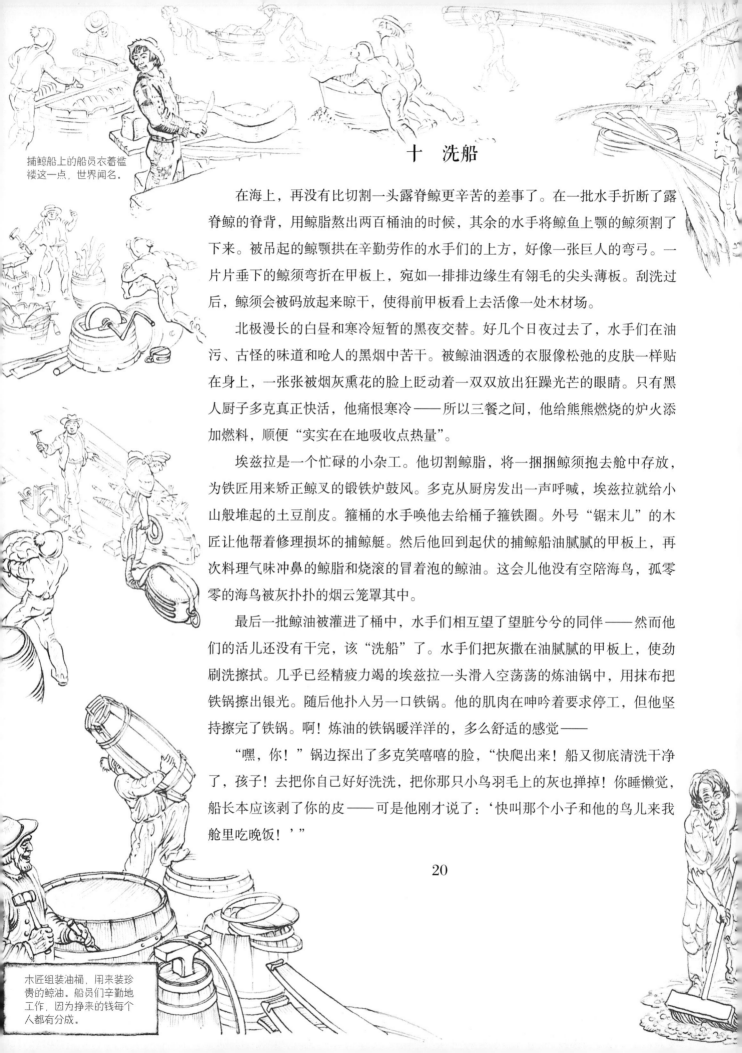

十　洗船

在海上，再没有比切割一头露脊鲸更辛苦的差事了。在一批水手折断了露脊鲸的脊背，用鲸脂熬出两百桶油的时候，其余的水手将鲸鱼上颚的鲸须割了下来。被吊起的鲸颚拱在辛勤劳作的水手们的上方，好像一张巨人的弯弓。一片片垂下的鲸须弯折在甲板上，宛如一排排边缘生有翎毛的尖头薄板。刮洗过后，鲸须会被码放起来晾干，使得前甲板看上去活像一处木材场。

北极漫长的白昼和寒冷短暂的黑夜交替。好几个日夜过去了，水手们在油污、古怪的味道和呛人的黑烟中苦干。被鲸油洇透的衣服像松弛的皮肤一样贴在身上，一张张被烟灰熏花的脸上眨动着一双双放出狂躁光芒的眼睛。只有黑人厨子多克真正快活，他痛恨寒冷——所以三餐之间，他给熊熊燃烧的炉火添加燃料，顺便"实实在在地吸收点热量"。

埃兹拉是一个忙碌的小杂工。他切割鲸脂，将一捆捆鲸须抱去舱中存放，为铁匠用来矫正鲸叉的锻铁炉鼓风。多克从厨房发出一声呼喊，埃兹拉就给小山般堆起的土豆削皮。箍桶的水手唤他去给桶子箍铁圈。外号"锯末儿"的木匠让他帮着修理损坏的捕鲸艇。然后他回到起伏的捕鲸船油腻腻的甲板上，再次料理气味冲鼻的鲸脂和烧滚的冒着泡的鲸油。这会儿他没有空陪海鸟，孤零零的海鸟被灰扑扑的烟云笼罩其中。

最后一批鲸油被灌进了桶中，水手们相互望了望脏兮兮的同伴——然而他们的活儿还没有干完，该"洗船"了。水手们把灰撒在油腻腻的甲板上，使劲刷洗擦拭。几乎已经精疲力竭的埃兹拉一头滑入空荡荡的炼油锅中，用抹布把铁锅擦出银光。随后他扑入另一口铁锅。他的肌肉在呻吟着要求停工，但他坚持擦完了铁锅。啊！炼油的铁锅暖洋洋的，多么舒适的感觉——

"嘿，你！"锅边探出了多克笑嘻嘻的脸，"快爬出来！船又彻底清洗干净了，孩子！去把你自己好好洗洗，把你那只小鸟羽毛上的灰也掸掉！你睡懒觉，船长本应该剥了你的皮——可是他刚才说了：'快叫那个小子和他的鸟儿来我舱里吃晚饭！'"

20

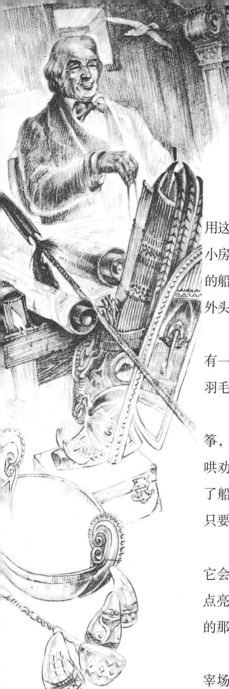

十一 在船长室里

那天晚上，多克上了一桌正宗东方情调的香辣大餐。老船长教埃兹拉用筷子享用这顿盛宴时，埃兹拉觉得自己像国王的宾客。晚饭后，老船长将少年带入了一个小房间，房间里塞满了各式各样的图表、仪器、书籍、船模和小饰物。"这儿就是我的船长室，"老船长说，"像阳台一样悬在船舵的上方。开船的时候，让海鸟去看看外头的港口吧，我平时常看。老年人嘛，你知道，总是花大量的时间回望过去……

"是啊，回望过去……虽然你可能想不到，埃兹拉，我也曾经是一个小男孩，有一只玩具小鸟。那是一只雪白的纸鸟，是我父亲从中国买回来的。它有柔软的羽毛和一双被涂成金色的眼睛。鸟喙上挂着的丝线牵着它，让它在风中翱翔……

"这样的玩具是会施展魔法的。我的小鸟就施展了魔法。它像一只小小的风筝，从悬崖上飞了出去，在海浪上高高飞舞。它用力拉扯着握在我手中的丝线，哄劝我与它一同出海，穿越海洋。所以后来，我当水手出了海，还一步步成为了船长，并不令人感到意外。我知道，一个能雕出海鸟的少年也能成为船长，只要他下定了决心……

"可你不会成为捕鲸船的船长。为什么？嗯，照亮世界的不会永远是鲸油，它会让位于从深深的地下打出的油。一些大城市已经有了煤气灯。但是，不管点亮将来灯盏的是地底下的油还是煤气，甚至是雷电本身——捕鲸船不再出海的那一天总会到来……

"我有的时候琢磨，为什么要坚守在捕鲸船上。它们是世界上出了名的'屠宰场'和'恶臭之船'！每当整洁的船只从下风口驶过，船栏边文雅的乘客都会用手帕紧紧地捂住鼻子！想到自己的船在微风中飘散着恶臭，那种滋味很不好受。但长时间生活在血腥味和鲸油味中，你早就忘了。你只会为自己的船感到难过——它是衣冠楚楚的小崽子们不愿与其玩耍的脏孩子……

"是啊——捕鲸船是不干净！但是再没有比它更有自尊的船了！它承受天气的好坏；它在远洋独自舔舐伤口；哪怕要四年的时间，在油桶没有装满以前，它也不会回家……埃兹，捕鲸船的船长有不少东西可教，只要你想学。"

22

前甲板上的舱口，通往水手舱。

前舱口

往下通往船长室以及副手们的舱室

船上的厨房

老式的鲸叉经常会被鲸鱼拉掉，使其脱逃。

新贝德福德的刘易斯·坦普尔在1848年发明了坦普尔肘节叉，改变了捕鲸的历史。

黏合扣

肘节

十二　海中的岛屿

合恩角

在接下来的几个月里，老船长把船上的小杂工埃兹拉打造成了水手。埃兹拉冒着飞溅的浪花，浑身湿透，在摇晃的索具上收起船帆。在绕过南美最南端的合恩角时，他证明了，哪怕在世界最凶险的洋面上，他也能够服从命令。老手们一致认为，埃兹拉正在成长为一名水手。埃兹拉还成了捕鲸手。捕鲸艇上不管什么桨他都能够轻松操控。他学习了投掷鲸叉的各种窍门，不到一年就投出了自己的鲸叉。他领会了"被鲸鱼的尾鳍拍上天"的含义。还有一次，他险些被淹死，一头公抹香鲸的双颚扯破了他上衣的后背。

地理鲜活地展现在埃兹拉眼前。在南太平洋，他俯瞰着环状珊瑚礁。棕榈围绕的珊瑚礁宛如一枚枚镶嵌着翡翠的象牙戒指。"这些岛礁是白色的珊瑚，"船长说，"是柔软的珊瑚虫经过多个世纪形成的坚硬岩石。那边那座黑色的小岛却是火焰的怒气在短时间内的创造物，是某座火山在一夜间，或几个月、几年之间抬升起来的。"另一些岛屿，据老船长解释，则是古代的陆地沉没后残留在水面上连绵的峰顶。"被冲上岸的，或者鸟儿掉落的种子扎下了根，使所有这些岛屿都丛林密生……"一次，在捕鲸船下了锚，成排的水桶被拖上海滩装盛饮用的淡水时，老船长捅了捅埃兹拉，"我就告诉你一个人——我们的航海图上没有标识这座岛，它应该占据的位置上只是一块空白。还没有人到过这里呢！"当埃兹拉走在这座只有海鸟们知道的小岛上的时候，他体会到了发现者的兴奋感……

一天早晨，捕鲸船与一艘驶往中国的快速帆船招呼致意，两艘船停了航，互访了一整天——就像一只鸭子和一只天鹅越过海浪，礼貌地点头问候。快速帆船是一艘商船，衣着整洁的水手们引着埃兹拉在他们的商船上转了转。少年漫步穿过一间间船舱，舱中是香料扑鼻的香气，不是鲸脂的味道。他还带着海鸟登上了快速帆船雪白的帆顶。对于埃兹拉来说，这艘船是一座神奇的浮岛。

那天傍晚，在快速帆船隐入暮色时，少年在风中轻声说道："几年以后，我们也会在那样的一艘船上。我们一直以来学习就是为了它——一艘由埃兹拉·布朗和海鸟担任船长的快速帆船！"

一些岛屿是如何形成的：

海底在可怕的地震中开裂。

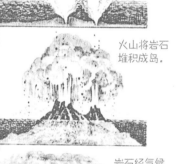

火山将岩石堆积成岛。

岩石经气候侵蚀，碎裂成泥沙。

植物生长起来。珊瑚筑起岛边的礁石。

礁石拦出潟湖。

岛屿下沉，形成两座小岛。珊瑚继续生长。

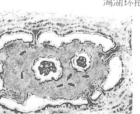

许多岛民在这样的环状珊瑚岛上生活。生满鱼类的平静潟湖环抱着下锚的船只。

珊瑚是由貌似花朵的珊瑚虫形成的。这些饥肠辘辘的动物用微小的触手捕捉少量的食物，送进位于中央的嘴里。

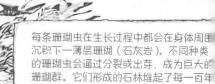

每条珊瑚虫在生长过程中都会在身体周围沉积下一薄层珊瑚（石灰岩）。不同种类的珊瑚虫会通过分裂或出芽，成为巨大的珊瑚群。它们形成的石林堆起了每一百年便会增高八英尺的礁石。

十三　时光变迁

对于海鸟来说，世上并没有时间这回事。在它海象牙制成的头脑里，今日、昨日或明日没有区别，它只管快活。它根据风向斜飞、俯冲或翱翔。虽然它从未离开基座，但是它始终在飞翔。

从它来到这个世上，并乘坐捕鲸船首次远航以来，它的一双珊瑚眼已经见证了许多的改变。老船长将小友埃兹拉调教得十分出色。埃兹拉用与雕刻海鸟同等程度的细致完成了船上课堂的各项功课，在升任为大副后，他终于拿到了船长证书。一艘又一艘商船的船主选拔他执掌他们最坚固的船只，航程过后都对他惊叹不已。他们发现，对于掌管船只以及那些控船水手，埃兹拉·布朗船长很有一套，尽管他只在要盖过呼啸的风声时才提高嗓门，平时总是用清晰的嗓音低声说话，但水手们个个都服从他。

这期间，埃兹拉娶了一位眼睛像海一样蓝的金发姑娘。一天返航回家，他发现他已经有了一个儿子，名叫纳撒尼尔。捕鲸船的老船长现在已经老得无法出海了，他时常来"训练埃兹拉家的小子"。因此，纳特（大家对纳撒尼尔的昵称）还不会走路就会在池塘里游泳——"跟南太平洋的土著一样！"没过几年，老船长便教孩子从高高的码头上跳水。"可他只是个娃娃呢！"忧心忡忡的妈妈叫喊着匆匆跑向海滩。

浅湾的另一边，纳特——一个顶着红铜色头发、皮肤晒得发黑的小小身影——站在一处高高的码头上。"看我！快看我呀！"在他的喊声飘过水面时，他纵身扑了下去。似乎过了很久，他才扑通一声落入水中。又过了很久，他红色的小脑袋才探出水面，在波浪间起伏。在他嬉笑着游上岸时，老船长说："瞧瞧他！他是猴子、游鱼和海鸥的结合体！您的宝贝纳特或许会招惹成堆的麻烦，夫人——可他在水边的时候，您永远也不必担心！"

渐渐长大的纳特一直想像海鸟一样展翅飞翔。最初，海鸟翱翔在他摇篮的上方，不断地盘旋，他睁眼便会见到。他试图抓住海鸟，可是大人们将它挂得像星星一样难以触及。直到十岁，埃兹拉才准许他用胳膊托着海鸟，作为表现良好的奖赏。就在那一年，纳特和父亲埃兹拉带着海鸟一同开始了远航。

26

除了包铜的船只，藤壶会附着在任何漂浮的物体上。新式的钢铁船一年内便会附着上三十吨这样的藤壶，因此必须刮洗船体。但捕鲸船和快速帆船是包铜的。

藤壶的嘴

与真实尺寸大体相当的藤壶

用宽刃大斧将原木劈砍成木料

在原木上劈出浅痕

剥去原木的树皮

用锛子修平木料

粗略成形及完工的横桅臂杆

十四　木料、板条和绳索

海岸上堆放着橡树和松树的原木。纳特以前经常在木堆间玩耍，现在他和船长爸爸（还有海鸟）看着一头头公牛将这些干透的原木拖往船坞。船坞上零乱地放置着木料、绳索、铁链以及各种工具。一股慵懒的海潮轻轻拍打着船坞的桩基，生满苔藓的桩基上到处都是附着的藤壶结成的疙瘩。海鸥们粗声大叫，在头顶上方盘旋，连劈锯木料的声音都盖了下去。模仿着它们的叫声冲它们挥手的男孩和盘旋在男孩身边的海鸟使它们非常困惑。埃兹拉将儿子的注意力引回正在变为方形木料的原木上。

一个由这些木料构建的巨大框架在海岸上日渐成形。纳特觉得它很像一具躺在地上的鲸鱼骨架。它也有着将一切连为一体的脊柱——龙骨，也有着一根根裸露的向上弯曲的肋骨。船工们像船长爸爸所说的那样，将"像一片片厚厚的鲸脂一样"的木板钉在那些肋骨上。"木墙"一片片地竖了起来，以优美的曲线朝外侧和上方展开。随后的某一天，包铜的船壳沿着滑道下了水。在音乐和欢呼声里，它在溅起的白沫中摇篮般摇荡着，漂浮在海湾上。光秃秃的船壳被拴在码头上，纳特眼见更多的木料被拖到了那个码头。那些长长的、下粗上细的木头成了三副桅杆，宛如一棵棵大树连接在一起。支撑桅杆的桅索和梯绳上了焦油，绷紧后显出了铁梯的模样，而各种缆绳则翻花绳般地将桅杆、桅木、下桁和帆桁穿在了一起。"海鸟，看索具里的那些滑轮！"男孩说，"多像一只只圆滚滚的甲虫被困在了蜘蛛网里！很快他们就要给船装上崭新的船帆了……"

一天早晨，父亲、男孩和象牙海鸟立在船上，驶离了渐渐消失在视线中的海岸。阳光和帆影扫过起伏的甲板，细浪在轻拍疾驶的船身后，又轻声低语着悄悄溜开。"听，爸爸！"男孩叫道，"海浪在说：'快船，快船，快速帆船！'海鸟也在跳舞！""是啊，"父亲笑道，"海鸟很快活！我曾经对它许诺，会乘坐由我和它担任船长的快速帆船返回南太平洋。那个时候，纳特，你还是一座未被发现的小岛——是连做梦也难以想到的人。我和海鸟都没能料到，我们快速帆船的首次远航就带上了整十岁的你。"

转动绞盘或拉拽缆绳的时候，水手们会喊劳动号子，保持节奏。他们会选与正确节奏相和的号子，不管号子的内容通还是不通。

比如轻松转动绞盘时的号子：

推呀拉呀转转转，
有时快呀有时慢，
不管是快还是慢，我们就是不停转，
不然海那边的印度怎么去看！

用力拉拽缆绳时的号子：

大伙一起拉呀！（最后一个词的时候用力拉拽）
不管出声不出声呀！（拉）
干完去吃饭呀！（拉）
还有火枪弹呀！（拉）

十五　如何停下满帆的船

纳特觉得这艘快速帆船实际上是属于他的。在造船的木料还只是一根根原木的时候，在上面嬉笑玩闹的人是他，不是吗？在桅杆渐渐成形的时候，攀爬到那上面去的人是他，不是吗？船长是他的父亲，不是吗？

水手们却似乎没有意识到纳特的重要性。他们忙于应对这艘未经历过考验的快速帆船的各种突发状况，无暇注意到他。纳特觉着自己被忽视了，直到他无意间听到——"那个孩子活脱脱是埃兹拉船长的翻版！将来他也会成为水手！"

说话的这个人什么意思——将来？他要让他们瞧瞧，他现在就是一名水手！幸好他没有带上海鸟，能飞快地朝桅索爬去。他气喘吁吁地登上主桅的顶部，摆了个造型……有人在瞧吗？他们这下看见他了吗？

这根桅杆，他在那个码头的时候就曾经爬上去过——但那会儿船被牢牢地拴着，水面也平静无波，而现在，世界在蓝绿色的波峰和浪谷中跳跃。啊哦——可真高啊！男孩成了软绵绵的拖布，晃动的拖把柄长得过了头！在十年的生命里，纳特第一次觉得头昏目眩！

水手长出现在他的脚踝处。"下来，你这个码头上的小耗子！想把我们吓死吗？把手伸给我——是不是得让我扛着你啊？放松，孩子——"

那一声"孩子"狂风一般将纳特的晕眩吹得没了踪影。他装出一副乖顺的样子，等着水手们攀上了主帆的帆架。然后在身后水手长的咆哮声中，纳特把帆架当作地面上的原木踩在上面跑了起来，一路跑到帆架变细的末端。水手长吼叫着慢慢爬了过来。突然，船身一斜，水手长俯身紧抱住桅杆——纳特却跳了下去，直落五十英尺，消失在白沫翻滚的海浪里。

在飞溅的水声中，男孩昏昏沉沉地浮了起来——可他并不害怕，他向来把大西洋看作供他玩耍的私人泳池。然而要把他救上来却意味着得让满帆行驶的大型快船停航，降下小艇，那需要时间，还需要大量的人手操作，这使得事情变得非常不愉快。那天傍晚，在父亲的船长室里，纳特意识到了这一切。连海鸟也似乎厌恶地侧身远离了他！纳撒尼尔·布朗十分难过。

30

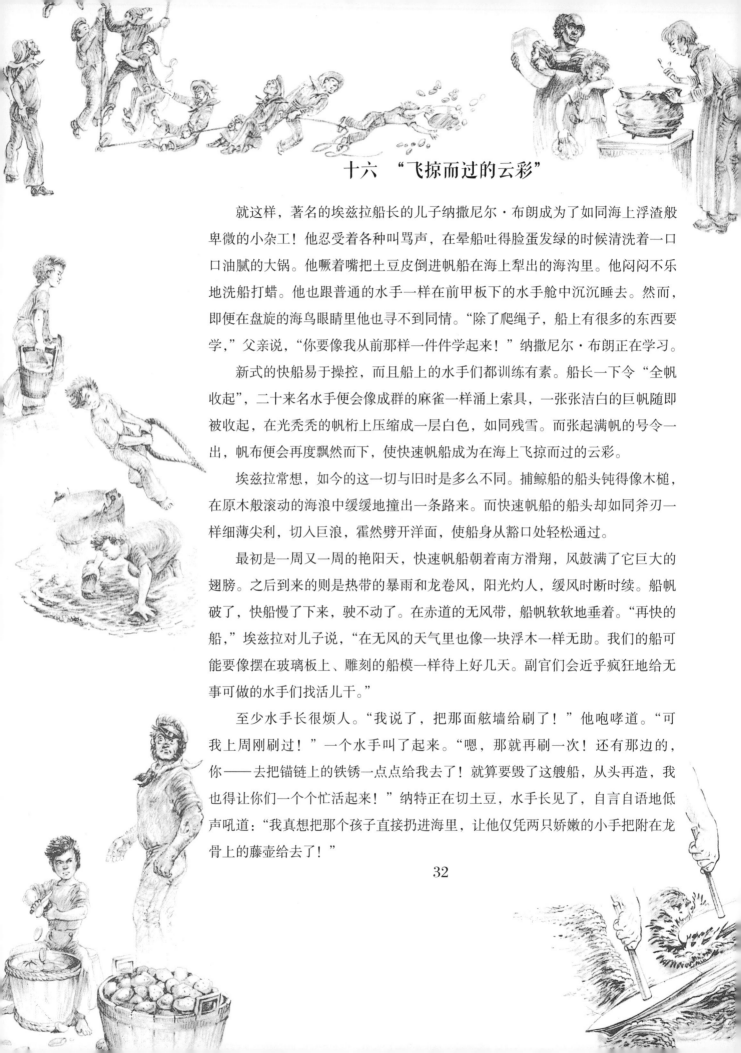

十六 "飞掠而过的云彩"

就这样，著名的埃兹拉船长的儿子纳撒尼尔·布朗成为了如同海上浮渣般卑微的小杂工！他忍受着各种叫骂声，在晕船吐得脸蛋发绿的时候清洗着一口口油腻的大锅。他噘着嘴把土豆皮倒进帆船在海上犁出的海沟里。他闷闷不乐地洗船打蜡。他也跟普通的水手一样在前甲板下的水手舱中沉沉睡去。然而，即便在盘旋的海鸟眼睛里他也寻不到同情。"除了爬绳子，船上有很多的东西要学，"父亲说，"你要像我从前那样一件件学起来！"纳撒尼尔·布朗正在学习。

新式的快船易于操控，而且船上的水手们都训练有素。船长一下令"全帆收起"，二十来名水手便会像成群的麻雀一样涌上索具，一张张洁白的巨帆随即被收起，在光秃秃的帆桁上压缩成一层白色，如同残雪。而张起满帆的号令一出，帆布便会再度飘然而下，使快速帆船成为在海上飞掠而过的云彩。

埃兹拉常想，如今的这一切与旧时是多么不同。捕鲸船的船头钝得像木槌，在原木般滚动的海浪中缓缓地撞出一条路来。而快速帆船的船头却如同斧刃一样细薄尖利，切入巨浪，霍然劈开洋面，使船身从豁口处轻松通过。

最初是一周又一周的艳阳天，快速帆船朝着南方滑翔，风鼓满了它巨大的翅膀。之后到来的则是热带的暴雨和龙卷风，阳光灼人，缓风时断时续。船帆破了，快船慢了下来，驶不动了。在赤道的无风带，船帆软软地垂着。"再快的船，"埃兹拉对儿子说，"在无风的天气里也像一块浮木一样无助。我们的船可能要像摆在玻璃板上、雕刻的船模一样待上好几天。副官们会近乎疯狂地给无事可做的水手们找活儿干。"

至少水手长很烦人。"我说了，把那面舷墙给刷了！"他咆哮道。"可我上周刚刷过！"一个水手叫了起来。"嗯，那就再刷一次！还有那边的，你——去把锚链上的铁锈一点点给我去了！就算要毁了这艘船，从头再造，我也得让你们一个个忙活起来！"纳特正在切土豆，水手长见了，自言自语地低声吼道："我真想把那个孩子直接扔进海里，让他仅凭两只娇嫩的小手把附在龙骨上的藤壶给去了！"

32

十七　赤道、狂风和巨浪

快速帆船开抵赤道的那一天，埃兹拉船长突然扑到船边。"海王尼普顿！"他叫道，"欢迎您驾临本船！"一个大胡子的男人顶着绳子般的头发，披着湿麻袋布，滑过船栏。他歪戴着锡盘王冠，挥舞着渔叉喝道："这儿有以前没跨越过赤道的傻瓜吗？"男人的一名随从抱着一把巨大的木质"剃刀"，还有一个默不吭声的男人戴着海藻面具，在一盆焦油的上方转着一把"胡刷"。

甲板上画着一道粉笔线，纳特跟十来个"傻瓜"一起被领到那道线上。在这条"赤道"上，纳特的下巴被涂上焦油，"刮去了胡子"，又被浸在海水里泡了泡。这样，赤道他就算跨过去了！他跟其他人一道雀跃嬉戏的时候，一个没注意，撞到了正俯身趴在焦油盆上的男人。

水手们哄然大笑。男人掏抹着嘴里和眼睛上黏糊糊的黑油，从盆里爬了出来。"那个码头上的小耗子！他是故意的！又在出风头！"他气急败坏地嚷道。水手长怎么也不相信那是个意外。

赤道以南又是无风带。经过无风带后，起先稳定的风转为咆哮的狂风，然后，他们就到了合恩角！埃兹拉把儿子唤到船尾。"纳特，"他说，"在我们绕过南美洲转角的时候，你睡在我的船长室里。我不希望你到那片海域里去游泳！避开狂风和正在操船的水手。如果有疑问——去问海鸟，它来过这里！"

劈开波浪这一快乐的招数，快速帆船此刻已经使不出来了。山峰般的巨浪一波接一波猛然拍下，船帆轰然碎裂，断折的桅木被冲了出去。日夜不断交替，袭击快船的险情却似乎阴魂不散。半死不活的水手们用绳索、操纵杆和防寒布与尖叫的天空对抗，为快船的命运而战。

水手长却仿佛很享受危险，他在呼啸狂风的利齿中挑着嘴角笑，各处似乎都有他的身影。一天，他把一个生病的水手一拳打下了楼梯。"谁也别想跟我装病！"他吼道。吼叫时他的嘴角依然挑着。

疲惫的大副听说这件事后摇了摇头。"水手长太容易上火了！不过迄今为止还没有人落海。如果这艘快船的好运能延续下去——"

34

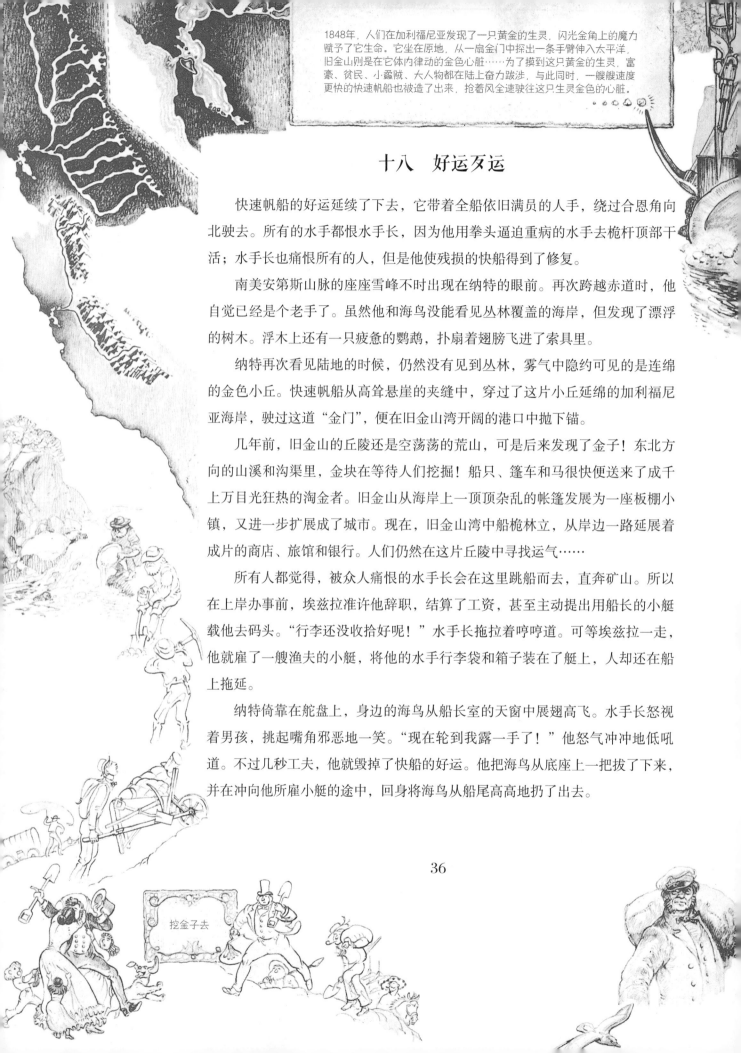

1848年，人们在加利福尼亚发现了一只黄金的生灵，闪光金角上的魔力赋予了它生命。它坐在原地，从一扇金门中探出一条手臂伸入太平洋，旧金山则是在它体内律动的金色心脏……为了摸到这只黄金的生灵，富豪、贫民、小蟊贼、大人物都在陆上奋力跋涉，与此同时，一艘艘速度更快的快速帆船也被造了出来，抢着风全速驶往这只生灵金色的心脏。

十八　好运歹运

快速帆船的好运延续了下去，它带着全船依旧满员的人手，绕过合恩角向北驶去。所有的水手都恨水手长，因为他用拳头逼迫重病的水手去桅杆顶部干活；水手长也痛恨所有的人，但是他使残损的快船得到了修复。

南美安第斯山脉的座座雪峰不时出现在纳特的眼前。再次跨越赤道时，他自觉已经是个老手了。虽然他和海鸟没能看见丛林覆盖的海岸，但发现了漂浮的树木。浮木上还有一只疲惫的鹦鹉，扑扇着翅膀飞进了索具里。

纳特再次看见陆地的时候，仍然没有见到丛林，雾气中隐约可见的是连绵的金色小丘。快速帆船从高耸悬崖的夹缝中，穿过了这片小丘延绵的加利福尼亚海岸，驶过这道"金门"，便在旧金山湾开阔的港口中抛下锚。

几年前，旧金山的丘陵还是空荡荡的荒山，可是后来发现了金子！东北方向的山溪和沟渠里，金块在等待人们挖掘！船只、篷车和马很快便送来了成千上万目光狂热的淘金者。旧金山从海岸上一顶顶杂乱的帐篷发展为一座板棚小镇，又进一步扩展成了城市。现在，旧金山湾中船桅林立，从岸边一路延展着成片的商店、旅馆和银行。人们仍然在这片丘陵中寻找运气……

所有人都觉得，被众人痛恨的水手长会在这里跳船而去，直奔矿山。所以在上岸办事前，埃兹拉准许他辞职，结算了工资，甚至主动提出用船长的小艇载他去码头。"行李还没收拾好呢！"水手长拖拉着哼哼道。可等埃兹拉一走，他就雇了一艘渔夫的小艇，将他的水手行李袋和箱子装在了艇上，人却还在船上拖延。

纳特倚靠在舵盘上，身边的海鸟从船长室的天窗中展翅高飞。水手长怒视着男孩，挑起嘴角邪恶地一笑。"现在轮到我露一手了！"他怒气冲冲地低吼道。不过几秒工夫，他就毁掉了快船的好运。他把海鸟从底座上一把拔了下来，并在冲向他所雇小艇的途中，回身将海鸟从船尾高高地扔了出去。

挖金子去

从加利福尼亚的一棵槲树下眺望金门和旧金山湾。

十九　敌对的海

对于纳特来说，那是噩梦般的几秒钟，连海鸟飞过他的头顶时，他也没能叫喊出声。飞行的魔力似乎使海鸟摆脱了陆地。它的心灵飞向了天空，然而身体却渴望着海洋，海象牙、琥珀、鲸须、板岩和珊瑚都在催促它降落。它在飞出船尾后一头扎入了海湾。纳特在船栏边踢掉鞋子，尾随海鸟跳了下去。他在水下睁开双眼，一抹灰白的影子翻动着、旋转着，越变越小。男孩用尽全身的力气笔直地下潜，可仍追不上下沉的海鸟。

现在，全体船员都已经知道了。"水手长那个肮脏的人渣！他逃走了！"

"别管那家伙了！"大副喝道，"快把那个孩子捞上来！"

水手们将哭泣的男孩拉上了船。男孩瘫倒在舱口盖上。"我们难过极了，"厨师说，"海鸟是这艘船的灵魂！""只是我们不能让你再次潜下海去，"大副说，"即便现在是退潮，海底也有十五英寻⑥深！在九十英尺的水下没人能活得了！"

纳特躲开了所有的人。"让他去吧，"厨师说，"让他哭一哭！"

水手们忧郁地走到船边，凝望着旧金山。

"你们瞧！"有人大叫起来。纳特脱得精光，攀上船栏，举起手中的一截短铁链，纵身跳了下去……

铁链坠得他无须游动就潜了下去。下沉，下沉——穿过冰冷的色泽不断加深的绿色海水！他刚才是在这附近失去了海鸟的踪迹吧？男孩吐出了一串气泡，他的耳中和肺部都感到刺痛。下沉，下沉——更多的气泡涌了出来，头部突突地疼。下沉——连最后的空气也化作气泡流走了！如果松开铁链，就能再次呼吸，那种感觉将会多么美好！在这要将人压碎的冰冷深海，恐惧紧紧地攫住了他！可是下边那里有一抹模糊的灰白影子——只要他能够——

"他这会儿醒过来了，埃兹拉船长，"厨师说，"不过整个海湾的水怕是都给他吞进肚子里去了！我们用声音测了测海底。您知道吗？我们的船头底下海深十五英寻，可是船尾底下只有七英寻！纳特潜到的那片礁岩有四十二英尺深！大多数成年人都不敢潜那么深——可是纳特捞起了海鸟！"

锚

锚杆，一段木头一劈为二，用铁圈夹在锚柄上。

如果每个连接处都有撑挡，锚链就不会扭结。

锚环

锚柄

锚爪尖

锚掌

锚爪

锚冠

锚臂

船锚沉底时，锚臂平躺，锚杆立起。

船身浮动，拉动锚链，锚杆便会翻倒，锚爪便会抓入泥中。

38

一英寻为六英尺。

二十　友善的海

海鸟又回到了纳特和埃兹拉的身边，它陪伴着他们西出金门，往亚洲驶去。日复一日，纳特利索而仔细地完成了烦人的杂务，好让自己能有更多自由的时间与海鸟做伴。他会带着海鸟登上高高的桅杆顶，在那里与海鸟独享天空。脚下，阳光越过鼓胀的风帆追逐着缆绳的影子。远处，下风口的船栏在浪花的白沫中咝咝作响。紧绷的索具为他们快乐而狂野地高歌。纳特为活在这世上而满心欢喜，他乘着流动的风，越过广阔的太平洋上一座座蓝色的山峦……

"是啊，在许多方面，大海广阔而深邃，"埃兹拉某天说，"在岸上的家中，我们会以为地球是由干燥的陆地构成的——海洋只是一张用钉子钉在海滩边，起了皱的旧毯子。事实却完全相反。地球是一个充满水的星球，绝大部分是水。而我们，乘在这渺小的木船上，长时间漂浮于大海上，有时间去思考……纳特，坦白地说，我们离开家的时候，你的行为叫我担心。但现在我不担心了，海洋把你教得很好……"

快速帆船停靠在桑威奇群岛（当地称作夏威夷），成群的男孩和女孩与他们的父辈一道朝快船游来，他们的身体像黄铜一样闪着光。埃兹拉乘坐船长的小艇驶往岸上的时候，他让纳特跟那群孩子一起游回去。什么？这个北方男孩能用他们的招数在水中嬉戏？那他就是小伙伴中的一员！从那一刻起，纳撒尼尔·布朗便"成为了当地人"。

他们在生有羽状叶片的棕榈树丛中游戏，从一挂挂瀑布的上方滑入鲜花镶边的深潭。他们在海草摇曳、游鱼斑斓、珊瑚展开硬挺扇面的世界中潜行。他们踏着冲浪板，在长长的浪峰上比赛。他们将肉类、海鲜、根茎和水果置于灼热的岩沟中，盖在热气腾腾的海藻下，烘烤出可口的盛宴享用。在飘着姜花香气的暖洋洋的傍晚，在棕榈叶作顶的小屋中，纳特摊开手脚躺在席子上，讲述父亲、海鸟和遥远的新英格兰的故事。

为了叫纳特回到驶往中国的船上来，埃兹拉唯一能做的只是微笑着劝他："记得我和海鸟年轻的时候，也不情愿离开这片群岛。不过你会再来的。"

在夏威夷的火山岛上，纳特见到了树木一般巨大的蕨类的森林。

这个花苞会在向下生长的过程中脱去鳞叶，留下雌花长为香蕉。

纳特爬上树去摘椰子。他先在尖桩上除去椰子的外壳，然后在岩石上砸开，喝甜甜的椰汁，吃雪白的椰肉。

热带天使鱼

鱼儿虽小，却是重要的猎物。

斜带吻棘鲀和叉斑锉鳞鲀的夏威夷土语名称，念作虎木虎木，努苦努苦，啊仆啊啊。

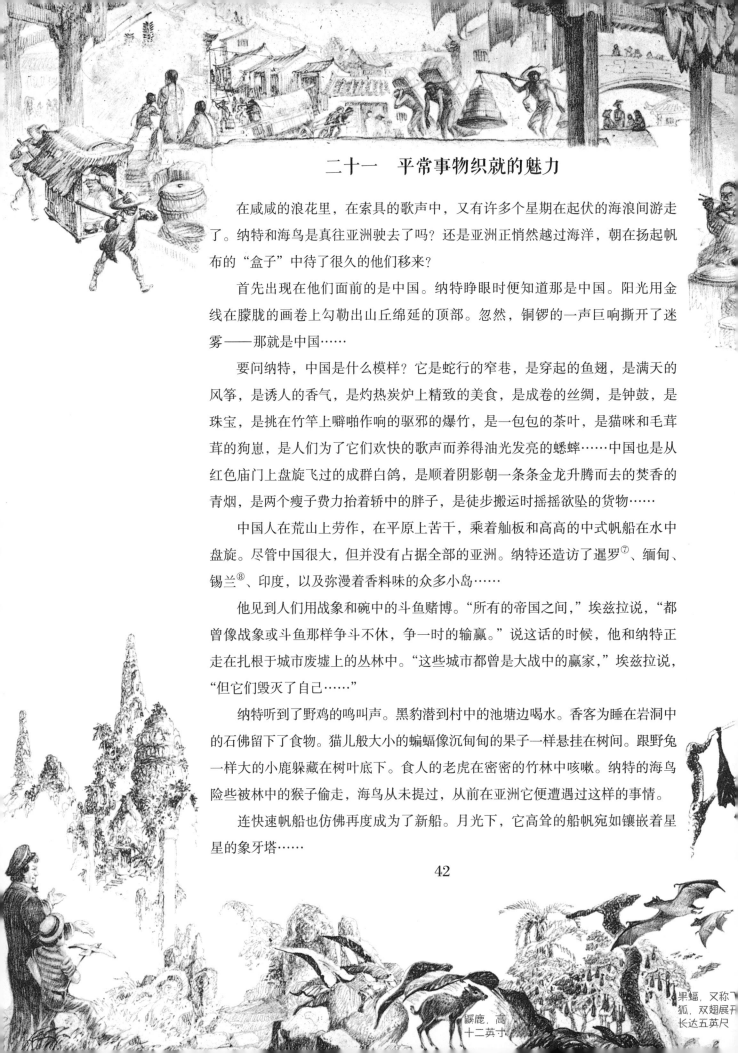

二十一 平常事物织就的魅力

在咸咸的浪花里，在索具的歌声中，又有许多个星期在起伏的海浪间游走了。纳特和海鸟是真往亚洲驶去了吗？还是亚洲正悄然越过海洋，朝在扬起帆布的"盒子"中待了很久的他们移来？

首先出现在他们面前的是中国。纳特睁眼时便知道那是中国。阳光用金线在朦胧的画卷上勾勒出山丘绵延的顶部。忽然，铜锣的一声巨响撕开了迷雾——那就是中国……

要问纳特，中国是什么模样？它是蛇行的窄巷，是穿起的鱼翅，是满天的风筝，是诱人的香气，是灼热炭炉上精致的美食，是成卷的丝绸，是钟鼓，是珠宝，是挑在竹竿上噼啪作响的驱邪的爆竹，是一包包的茶叶，是猫咪和毛茸茸的狗崽，是人们为了它们欢快的歌声而养得油光发亮的蟋蟀……中国也是从红色庙门上盘旋飞过的成群白鸽，是顺着阴影朝一条条金龙升腾而去的焚香的青烟，是两个瘦子费力抬着轿中的胖子，是徒步搬运时摇摇欲坠的货物……

中国人在荒山上劳作，在平原上苦干，乘着舢板和高高的中式帆船在水中盘旋。尽管中国很大，但并没有占据全部的亚洲。纳特还造访了暹罗[⑦]、缅甸、锡兰[⑧]、印度，以及弥漫着香料味的众多小岛……

他见到人们用战象和碗中的斗鱼赌博。"所有的帝国之间，"埃兹拉说，"都曾像战象或斗鱼那样争斗不休，争一时的输赢。"说这话的时候，他和纳特正走在扎根于城市废墟上的丛林中。"这些城市都曾是大战中的赢家，"埃兹拉说，"但它们毁灭了自己……"

纳特听到了野鸡的鸣叫声。黑豹潜到村中的池塘边喝水。香客为睡在岩洞中的石佛留下了食物。猫儿般大小的蝙蝠像沉甸甸的果子一样悬挂在树间。跟野兔一样大的小鹿躲藏在树叶底下。食人的老虎在密密的竹林中咳嗽。纳特的海鸟险些被林中的猴子偷走，海鸟从未提过，从前在亚洲它便遭遇过这样的事情。

连快速帆船也仿佛再度成为了新船。月光下，它高耸的船帆宛如镶嵌着星星的象牙塔……

麋鹿，高
十二英寸

果蝠，又称飞
狐，双翅展开
长达五英尺

二十二　扬帆的时代逐渐远去

随着时光一年年地过去，纳特逐渐熟悉了世界上传说中的各个港口。埃兹拉教会了他管理人员、掌控船只的技能，以及贸易的方法。不管是茶杯、活生生的老虎，还是火车头，埃兹拉用眼睛一扫就能判定价值几何，该不该收进船舱。他成为了一家新航运公司著名的船长。

埃兹拉把当船长挣的钱省了下来，又吸纳了他人的一些积蓄，从船主手中买下了那艘快速帆船。不久，埃兹拉的公司就拥有了多处船坞、仓库和码头，以及多艘快速帆船和两三艘蒸汽轮船。

早在埃兹拉出生以前，首批蒸汽轮船已翻搅着水花，沿着河流和海岸来回行驶了。后来，逆着老水手们坚称不可能的争论声，这些喷着气，当当作响的"大茶壶"穿越了海洋！快速帆船使"扬帆的时代"达到了辉煌的全盛时期。但它虽然在速度上一时优于蒸汽轮船，无风时，却被后者那种冒烟的怪物超了过去。而且，蒸汽轮船不用浪费宝贵的时间抢风行驶，它能不靠一丝的风便犁出笔直的海沟，准时靠岸离港！

纳特执掌的那艘公司的船是一艘蒸汽轮船，但为防轮机故障，也装了桅杆、桁木和风帆。纳特心中快活的时候，总称自己的船为"混血儿"——一半是汽船，一半是帆船。作为吉祥物待在海图绘制室的海鸟有时会从纳特口中听见其他称呼。

"该死！海鸟，"他会说，"看天的时候能不落满眼的煤渣吗？我痛恨煤烟！见鬼，海鸟，我是扬帆的男人！"

因此，每当顺风的时候，纳特都抓住时机。"关掉轮机！"他会高声呼喝，"把围裙抖开！"那时候，大副便会咧嘴笑道："起帆确实节省煤炭！"机师们会说："我们有时间清理机械了！"大汗淋漓的司炉工和助手们则会说："船长借平静的风行船，让我们能歇口气，这种时候可真是好……"

"海鸟，"纳特会问，"你在说什么？是不是在说，从今以后，体面的船只都注定要永远在煤烟里沉沦了？为什么人就不能乘风飞翔——高高地飞到天上去呢？"

44

独桅艇　单桅帆船　双桅小·帆船　双桅纵帆船　　上桅横帆纵帆船　　双桅横帆船　　三桅轻舟　　　全帆缆船

二十三　变为机器的人

　　纳撒尼尔结了婚，有了一个儿子。就像从前埃兹拉将海鸟挂在纳特的小床上一样，现在海鸟在纳特的儿子——詹姆斯的摇篮上方翱翔。小吉姆（大家对詹姆斯的昵称）的目光追随着海鸟摇摆舞动的双翅，几乎一刻也不曾离开。

　　吉姆一岁时，爷爷埃兹拉为他刻了许多艘小船，在水坑中航行。两岁时，他便跟随爷爷和海鸟驾着独桅艇扬帆起航。不到三岁，这个孩子已经与海鸟聊起了海湾中各种船只的名称。可是在三岁时，聪明的小吉姆却对航行失去了所有的兴趣。

　　埃兹拉和纳特带着小吉姆下到了一艘新蒸汽轮船的轮机舱中。在咝咝冒汽，叮当作响的轮机舱里，小吉姆静静地站在颤动的钢铁舱板上，宛如一块金属，只有一双眼睛活泼地跟随着跃动的活塞、急转的十字联轴和飞跑的连杆闪烁着。紧接着，吉姆的小身体在围观者的眼前猝然扭动起来——最终，双拳、双肘、双脚和双膝都和上了机器运动的节奏。他鼓起腮帮子呼呼地喘着气，在兴奋的舞蹈中将自己变为了一台轮机。"爸爸，"纳特嚷了起来，"公司少了一个水手，却得了一名机师！"

　　六岁的吉姆把海鸟抛在家里，在一家家修船的铺子里玩耍。八岁，他造出了一台蒸汽轮机的金属模型。十岁时，吉姆带着大人们为他备好的行装，跟父亲乘着蒸汽轮船出海了。可是早被儿子提出的无数问题磨垮了的纳特还打算抽一些时间运行船只，所以一个年轻人被雇为老师，继续教授吉姆。

　　埃兹拉从宽大的阳台上俯瞰海湾，目送蒸汽轮船的烟囱在视野中消失。"他是个聪明孩子，"他喃喃自语道，"啊，将来会成为公司极大的骄傲！尽管他只有十岁，但恐怕已经不需要海鸟了！"

　　蒸汽轮船上的纳特也有同样的想法。吉姆将海鸟固定在了自己舱室的墙上，可似乎并不搭理它。一次，纳特说："是海鸟帮助我认识了大海。现在它属于你了，你很高兴吧？多亏爷爷将它雕刻了出来，不是吗？"

　　"是啊！"吉姆说，"您知道我佩服奇特的创造！"

46

二十四　桥梁事件

在欧洲，詹姆斯就各种建筑如何构架——从古代的宫殿到现代的钢架桥——做了许多笔记。船坞更是他常去的地方。

一天傍晚，蒸汽轮船从意大利拔锚起航时，吉姆对父亲说："我们参观了那些古代大型桨船的模型——不知道那些古代的桨船行驶起来速度有多快。"

"那得看酸痛的肌肉能划多快了，"纳特说，"地中海是船只的诞生地。第一批船是埃及人建造的。后人一直在仿埃及船，连我们钢铁的轮船也保留着许多古代的发明。不过，我们有一点改变：现在使用蒸汽。古代，无风可乘的时候，就由奴隶和着鼓点划动桨船。奴隶被锁在桨上，长鞭重重地抽打在他们赤裸的身上，脆声作响，啪！吉姆，你说要建造桥梁一类的东西！一直以来，战争和贸易走的可都是由人们汗水淋漓的脊背搭成的桥梁！"

吉姆十二岁时又见到了爷爷。"你学到东西了吗？"埃兹拉问道，"是不是要改造公司的船啊？"

"将来哪天真有可能，船长，"吉姆严肃地答道，"还有——是的，船长——我学到了很多东西。爸爸和我聊过几句——在离开意大利的时候，我开始好奇曾在船上劳作过的所有奴工和普通水手们的日子。一天晚上，我望着海鸟想：你见过爷爷在捕鲸船上卖命，见过爸爸作为小杂工在快速帆船上苦干。现在的水手们苦吗？为了找到答案，我跟着甲板上的水手、添煤手、司炉工和加油工一起干活。一个月后，我已经能告诉海鸟：'现如今，哪怕在蒸汽轮船上，水手们还是很苦！'"

"所以！"埃兹拉向后一靠，凝望着吉姆问道，"你做了什么决定？"

"嗯，我决定有朝一日要造出不用烧煤，而是靠油运作的轮机，让司炉工和助手们放下铲子，只要拧几个阀门就好。我还要设计出能让水手们吃住得更好，能获取更多劳动报酬的船……"

"这话从一个孩子的嘴里说出来真是古怪！"埃兹拉说，"看来你已经不需要海鸟了！"

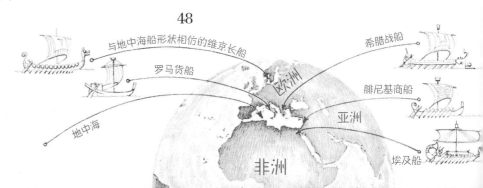

二十五　觅得新翅的老鸟

　　成年的詹姆斯·布朗不是以一位出色的船长声名远播，而是成为了世人公认的杰出的船舶设计师。此刻，一把把当当作响的锤子正在船坞铆接他最新设计的一艘船。这艘船将用烧油的蒸汽轮机驱动，不会再有煤炭呼啸着飞入煤箱，也不会再有船员置身于黑乎乎的火热洞穴，疯狂地铲煤。"要装满它们，得捕一大群鲸鱼，苦干好几个月，脊背都要累弯了。"埃兹拉用拐杖指着巨大的油箱笑道。纳特也跟着父亲一起笑了起来。"想想看！司炉工只需扭动一个个闪光的阀门！没有煤烟！也不会落得满眼煤渣！"詹姆斯平静地说："水手们会有更好的舱室——更舒适的床铺，更丰盛的饮食和更体面的工资！"

　　这艘新船下水前的几个月，吉姆的儿子出生了，他被唤作肯尼思——简称肯。多家报社聚焦于这个著名家族的第四代与埃兹拉整整相差一百岁。一份份报纸用粗体字写着："这位曾祖父还在世！"

　　埃兹拉在他拥挤的办公室的一角微笑着读报。"他当然还活着！"他说，"而且还打算开飞机庆祝一下呢！从我见到那只象牙鸥开始，我就一直渴望——"

　　"您要开飞机？"纳特叫道，"在一百岁的时候？我总跟海鸟许诺，我会飞上天去！我要跟您一起开！"

　　"在七十三岁的时候？"詹姆斯说，"虽然我现在三十七了，但是——"

　　报纸又发行了配有多张巨幅照片的号外。这家大型航运公司新诞生的小继承人的父亲、爷爷和曾祖父全开着飞机上了天！公司的三位重要人物——不，四位！埃兹拉带着海鸟！

　　新油轮出海的那天，海鸟被挂在了肯尼思摇篮的上方。闪亮的油轮使古老的大海焕发出新颜。海鸟也以与之近似的方式重获了青春。一次又一次，它随同上一任伙伴逐渐变老。然而在它未变得过于苍老之前，新生的眼睛又满怀好奇望向了它。就在那些时刻，它恢复了青春的魔力，陈旧的世界再一次被全新的生活填满。这样，海鸟便永远不会真正变老！

50

二十六 三位参观新船的伙伴

主餐厅

游泳池

车里的家人很担心埃兹拉受了风。"风寒是有可能要命,"年迈的埃兹拉嘟囔道,"可是仁慈的上帝给了我一副异常结实的身子骨,让我受着风,四处飘荡了一百零五年——你多大了,肯? 对,整五岁! 肯,孩子,我们这是去哪儿?"

"去参观爸爸最新的客轮,埃兹拉船长! 我们到了!"

"好家伙——那是船? 还以为是仓库呢! 快,让我坐进轮椅里——肯,你和海鸟跟紧点!"

一小时后,这三位伙伴在客轮的甲板上驻足歇脚。"累了吗,船长?"孩子问道,"是不是让您逛得太狠了?""有一丁点累……"埃兹拉说,"这艘船——太大了! 那么多上上下下的电梯! 那么多宴会厅! 在我眼前的那个长在甲板上的是棕榈树吗?"

"是的,船长,种在大理石的花盆里! 您看见了吧,还有游泳池和卖糖果和玩具的商店……您觉得这艘船很漂亮吧,是不是,埃兹拉船长?"

"是啊,孩子——很漂亮,很刺激……老式的船没有了,新造的船越来越大,越来越豪华。这艘客轮是一座漂浮的城市 —— 至少面积比城市还大! 可为什么要造这么大呢? 只是让那些睡不着觉的游客能胡吃海塞,整晚在船上跳舞,然后宣称他们见过了全世界吗? 可他们忙着闲聊,连印度也不会有时间看!""哦,我会去看看印度的,船长!"肯立刻说道,"等我和海鸟跟爸爸出了海,我们会专门去参观印度!"

"啊,你会见识到许多东西!"埃兹拉笑道,"现在——瞧见那边那架飞机了吗? 那是未来的船。我们所有曾经拥有海鸟的人一直都渴望飞翔。有朝一日,肯,你会驾驶着非凡的船飞越天空。你要谨记,千万不要忘了初次在空中飞翔时的那份惊叹和敬畏……人们不明白,为什么一百零五岁的我还有一颗年轻的心。这份青春的感觉或许源于那一天在桅杆顶部的那种自由感,我觉得自己被托了起来,浮在了空中! 大伙说,我在那场雪暴中见到的只是一只海鸥。这话没错,但是那只海鸥身上的魔力却以某种方式封存在了海鸟体内。在我离开这个世界很久以后,海鸟还会继续影响人和事。它将继续翱翔……"

二十七　扬帆远航

参观完客轮后，埃兹拉兴致勃勃地坐车回了家。那天下午，世界闪耀着金光。阳光如水一般从海岸的礁岩上流淌而下，终于将拍岸的浪花也染成了金色。风儿在草地上轻摇着金色的落叶，落叶擦过礁岩，飘入海中，成为了一艘艘欢快的金色小船，在海浪上舞蹈着扬帆而去。

埃兹拉靠在轮椅中，围着一条旧披肩，避开匆忙的风，坐在宽大的阳台上，面朝着飞落海中的金色落叶，看上去像是睡着了一样。肯将海鸟安置在阳台的围栏上给他做伴。在洒落的阳光下，在招手的海浪中，在蓝色大海的召唤声里，一切都透着一股欢快匆忙的劲儿，连海鸟也似乎在努力挣脱系缆，好追随它们而去……

家人来叫时，埃兹拉没有醒来。近年来，他难得显得如此年轻。他的右手搁在腿上摊开的一本《圣经》上，手指轻触着一副又圆又厚的放大镜。《圣经》中的字在放大镜下膨胀起来，仿佛被包裹在气泡中，从深海浮了上来：

"神的灵运行在水面上……"

时光的流逝对于海鸟而言毫无意义。岁月到来，又飞逝而走，但是海鸟活泼好奇的神情从未改变。现在，它跟随埃兹拉·布朗的曾孙肯，驾驶着不留尾波的船飞越天空，绕着世界一圈圈地翱翔，珊瑚制成的双眼与从前一样闪动着热切的光。

肯所驾驶的船可以驶到沿海的各个港口，也可以驶到洋面上方一英里或与水体远隔千里的地方。风向合适与否对这艘船的航行毫无影响。这是一艘吸引了无数孩子的可以在海陆间穿行的由飞行玩具发展而成的船，是致力于在空中飞翔的梦想船。在这艘船里，海鸟终于成为了天空的生灵。

它时常看见小股的水雾从下方遥远的海面上喷涌而起——但是它搭乘的船并没有为了那些鲸鱼俯冲下去。有时候，阳光射在一挂挂船帆上，激起点点白光——但是载着海鸟的船疾驰一小时便超过了帆船一天所能航行的距离。孤独的蒸汽轮船还拖着羊毛线团般的黑烟——但是尽管它们全力加速，却始终仿佛静止未动。一块块大陆、一片片海洋像画中的阴影一样在海鸟的身下漂移。它反复地经过已见了上千次的地方，然而对于它来说，世界永远是崭新的……

一天，在格陵兰附近，一场夏季雪暴打着旋儿扫过洋面。暴风雪中飞着一只象牙鸥。它安静从容地飞行着，但心里很困惑，那比冰川碎裂还要震耳的轰鸣是什么声音？

以一只象牙鸥来说，那只鸟儿十分聪明。它能成功地穿过雨雪雾霭，在上百万的海鸥中寻到自己的伴侣，可是它猜想不到，在鸟类从未能飞抵的高空中，一个男孩注于海象牙中的愿望正在大海上方翱翔……

SEABIRD'S SOARINGS

•1965	
•1960	
•1955	
•1950	
•1945	**现在** 海鸟作为肯的吉祥物与肯一起在天空中翱翔
•1940	
•1935	
•1930	
•1925	**1923年** 肯、埃兹拉和海鸟参观新式客轮
•1920	**1918年** 肯出生
•1915	埃兹拉活了整整一个世纪
•1910	
•1905	
•1900	
•1895	
•1890	**1891年** 詹姆斯和海鸟乘坐纳特的蒸汽轮船出海
•1885	
•1880	**1881年** 詹姆斯出生
•1875	**1873年** 纳特成为"混血儿"的船长
•1870	
•1865	
•1860	
•1855	**1855年** 纳特和海鸟乘坐埃兹拉的快速帆船出海
•1850	
•1845	**1845年** 纳特出生
•1840	
•1835	
•1830	**1832年** 海鸟在捕鲸船上被雕刻成形
•1825	
•1820	
•1818年 埃兹拉出生	
•1815	

自埃兹拉雕刻出海鸟
后，许多坚固的船只已从海
上扬帆驶过。
　　高挂在抹香鲸颌骨上的
是海鸟的航海日志。

注释

① 格陵兰（Greenland）是世界第一大岛，位于北大西洋。格陵兰三分之二的地区在北极圈以内，最显著的地貌特征是它广大厚实的冰原。

② 英里，英美制长度单位。1英里等于5280英尺，合1.6093千米。

③ 新贝德福德（New Bedford）是美国马萨诸塞州东南部城市，1765年发展成一小型捕鲸港及造船中心，1820年发展成世界主要捕鲸港之一。

④ 楠塔基特（Nantucket）是美国马萨诸塞州科德角以南的一座岛屿，18世纪初始有捕鲸业，独立战争前夕达到鼎盛，为125艘以上捕鲸船的基地。鱼被叉中后，在精疲力竭前会拖着捕鲸艇逃走，这段拖行被楠塔基特的捕鲸人冠名为楠塔基特式雪橇滑行。

⑤ 英尺，英美制长度单位。1英尺等于12英寸，合0.3048米。

⑥ 英寻，英美制计量水深的单位。1英寻等于6英尺，合1.828米。

⑦ 暹罗，泰国的旧称。

⑧ 锡兰，斯里兰卡的旧称。